Rimar y soñar

LIBROS PARA LEER,
REÍR Y APRENDER

¡Lo que nos gusta viajar por aire, por tierra o mar!

CARMEN GIL
ILUSTRACIONES MARINA SEOANE

algar
editorial

El **barco**, en el mar marino,
navega hacia el quinto pino
buscando una isla desierta.
Lleva un loro en la cubierta
y hay alguna que otra rata.
¡Es que es un barco pirata!

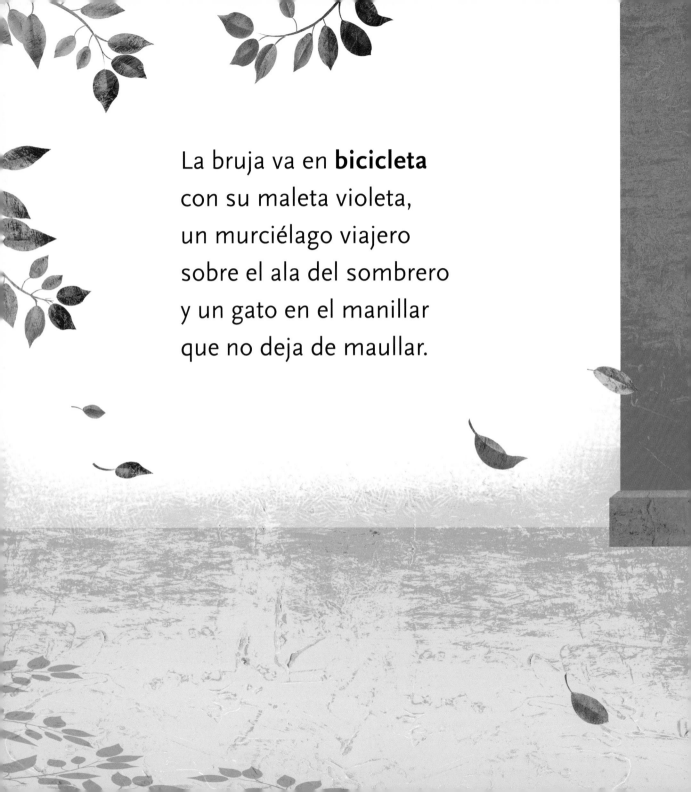

La bruja va en **bicicleta**
con su maleta violeta,
un murciélago viajero
sobre el ala del sombrero
y un gato en el manillar
que no deja de maullar.

Me encanta viajar en **tren**.
¡Lo paso requetebién!
Voy de vagón en vagón
divirtiéndome un montón.
Esta serpiente me mola
de la cabeza a la cola.

Al **coche** viajar le encanta.
Y con la bocina canta.
Rumbo al destino que sea,
¡tanto piiii piiii te marea!
Cuando hay baches, el bailón
se mueve sin ton ni son.

La piloto, de uniforme,
dirige un **avión** enorme.
Vuela con gente en la panza
¡y menuda altura alcanza!
Cada vez que en él te subes,
vas encima de las nubes.

Ir en **globo** es como un sueño:
¡se ve todo tan pequeño!
Mi tobogán favorito
es más chico que un mosquito
y la gata de mi amiga
del tamaño de una hormiga.

Cuando en **submarino** viajo
contemplo el mar por debajo.
Hay animales acuáticos.
¡Los peces son tan simpáticos...!
Si se acerca el tiburón,
me da un vuelco el corazón.

El **metro** sus puertas cierra
y, como lombriz de tierra,
bajo nuestros pies se mueve.
¡Le da igual que llueva o nieve!
Dentro, cualquier pasajero
viaja seco el año entero.

El astronauta, a las siete,
llega a la luna en **cohete**
tirando por un atajo.
Allí flota bocabajo.
Quiere hacerle una visita
a su amigo el selenita.

El **autobús** se ha mojado
y ha pillado un buen resfriado.
Cuando estornuda el motor,
da un bote hasta el conductor.
Hoy ya no saldrá de viaje.
¡Va a quedarse en el garaje!

El motero va en su **moto**,
formando un gran alboroto.
Se salta cualquier atasco
y jamás olvida el casco.
Como lleva sidecar,
lo puedes acompañar.

Licencia editorial por cesión de Edicions Bromera, SL (www.bromera.com).

© Carmen Gil Martínez, 2015
© Ilustraciones: Marina Seoane Pascual, 2015
© Algar Editorial
   Polígono industrial 1 - 46600 Alzira
   www.algareditorial.com
Diseño: Pere Fuster
Impresión: Índice

1ª edición: octubre, 2015
ISBN: 978-84-9845-744-5
DL: V-1386-2015